KB147231

푸른사상 시선
101

는 꼬리를 봐야 알 수 있죠 여아 꼬리는 가늘고 상냥하죠 부드러
하 동아줄 같죠 눈으로만 보면 절대 모르죠 꼬리 끝을 자

피어라 모든 시냥

김자흔 시집

쾌한 [illegible]이 뒷모습으로도 알 수 있죠 흔들리면 바람이 꼬리이고 무시하면 천둥이 꼬리죠 얼굴도
구별 안 되죠 여아인지 남아인지 아기 때도 구별 안 되죠 때를 기다려야만 알 수 있죠 다 자란 꼬리가 돼야만 알

푸른사상 시선 101

피어라 모든 시냥

인쇄 · 2019년 4월 20일 | 발행 · 2019년 4월 25일

지은이 · 김자흔
펴낸이 · 한봉숙
펴낸곳 · 푸른사상사

주간 · 맹문재 | 편집 · 지순이, 김수란 | 마케팅 · 김두천
등록 · 1999년 7월 8일 제2-2876호
주소 · 경기도 파주시 회동길 337-16(서패동 470-6) 푸른사상사
대표전화 · 031) 955-9111(2) | 팩시밀리 · 031) 955-9114
이메일 · prun21c@hanmail.net / prunsasang@naver.com
홈페이지 · http://www.prun21c.com

ISBN 979-11-308-1419-3 03810

값 9,000원

이 도서의 국립중앙도서관 출판시도서목록(CIP)은 서지정보유통지원시스템 홈페이지(http://seoji.nl.go.kr)와 국가자료공동목록시스템(http://www.nl.go.kr/kolisnet)에서 이용하실 수 있습니다.
(CIP제어번호 : CIP2019013969)

피어라 모든 시냥

김자흔

| 시인의 말 |

내 생애 첫 고양이 은별에게 모든 시냥을 올린다.

세상의 모든 고양이들에겐 무한한 도도를 올린다.

이천십구년 고양이 같은 봄날에

김자흔

제1부 몽이

제2부 불손의 힘

제3부 명명

제4부 고양이 자서

…이는 꼬리를 봐야 알 수 있죠 여아 꼬리는 가늘고 상냥하죠 [illegible]

제1부

몽이

…이는 꼬리를 봐야 알 수 있죠 여아 꼬리는 가늘고 상냥하죠 부드러운 실타래 같죠 남아 꼬리는 굵고 대담하죠 튼튼한 동아줄 같죠 눈으로만 보면 [illegible]

[illegible] 꼬리를 봐야 알죠 [illegible] 알 수 있죠 실타래 같은 꼬리는 [illegible]

몽이

나를 주인으로 두고
가끔씩은 내 발목을 휘감으며
가르랑 가르랑 온몸을 내맡기는
몽이가

벌 쏘인 뒷다리 절뚝거려
번쩍 안아 올리려 하자
뭘 상관이냔 듯

바람처럼 달아나다 휙 돌아서서
사시 눈으로 빤히 치어
올려다보는

물 차고 오른 날랜
제비같이,

나는 누구이게요?

고양이는 꼬리를 봐야 알 수 있죠
여아 꼬리는 가늘고 상냥하죠
부드러운 실타래 같죠
남아 꼬리는 굵고 대담하죠
튼튼한 동아줄 같죠
눈으로만 보면 절대 모르죠
꼬리 끝을 잡고 꼬랭이 꼬랭이 놀아줘봐야 알죠
발라당 뒤집혀 살살 웃어주는 꼬리를 봐야 알죠
꼬리를 보면 단박에 알 수 있죠
실타래 같은 꼬리는 콩님이고
동아줄 같은 꼬리는 별님이죠
이층 창문 밖으로 내려다봐도 알 수 있죠
경쾌한 걸음걸이 뒷모습으로도 알 수 있죠
흔들리면 바람이 꼬리이고
묵직하면 천둥이 꼬리죠
얼굴로는 절대 구별 안 되죠
여아인지 남아인지 아가 때도 구별 안 되죠
때를 기다려야만 알 수 있죠

다 자란 꼬리가 돼야만 알 수 있죠

나는 진짜 누구이게요?

과수원길 10-4 고양이는

과수원길 10-4에 사는 고양이는
털방울 목걸이를 하고 있지

층층이 놓인 괭이꽃 화분 계단을
날아오르거나
담장 아래 핀 달개비 속으로
깜찍이 숨어들 때면

털방울 목걸이는 가볍게 살랑거리지

여름 하품 길게 던져보는 한낮
저 흰나비는 뭐지? 혼자 묻고는
줄무늬 꼬리로 뛰어오를 때

그때도 털방울 목걸이는 상냥히 흔들리지

눈썹지붕에 숨어 있던 오후 바람이
과수원길 10-4 골목 이야기를
속속 전해주다 잠잠해지면

털방울 고양이는 장난기가 발동돼
초저녁 개밥바라기 몰래 따서
화분 속에 묻어두지

이때다 싶게 못 찾겠다 꾀꼬리 꾀꼬리
나는야 언제나 술래 같은 음표가
털방울 목걸이를 간질이면

괭이꽃 화분 속에 숨어 있던
샛별 하나
환히 웃음으로 피어나지

유쾌한 똥꼬

진묘 똥꼬는
연꽃무늬 똥꼬

까만 엉덩이 중간에
흰 연꽃 하나 달고

이리 통통
저리 통통

아이고 저 가이나

판판 부끄러운
줄도 모르고

자랑인 듯 장난인 듯
오동통한 꼬릴 반짝
치켜세우지

앞 못 보는 진묘는

연꽃무늬 똥꼬
부처님 극락전에 피어 있는
동그란 연꽃무늬 똥꼬

까만 엉덩이에
흰 연꽃 하나 달고
하루하루가 유쾌하지

웃는 눈썹달

깜냥이 왼쪽 눈은
웃는 눈썹달

짐짓 화를 내고 있거나
새침히 토라져 있어도

봉합된 왼쪽 눈은
항상 웃는 눈썹달

아 하 하
아 하 하

한쪽 얼굴에
웃는 눈썹달을 그려놓은
깜냥이 아가씨야

네 눈썹달
가만 들여다보고 있으면
가슴께로 날 선 금 하나

스윽 지나간단다

그래도 깜냥이 왼쪽 눈은
언제나 웃는 눈썹달

한 달 하루 뜨는 보름달
희망을 기다려주지

아기 고양이 봄날을 놀다

고양이는 나비
나비는 살구꽃잎

톡 야옹 톡 야옹
톡톡 야옹야옹 톡톡 야옹야옹

살구나무에 올라 나비 쫓던
아기 고양이

한 방 헛발질에
꽃가지가 아찔 흔들려

살구꽃잎 낙하
노랑나비 낙하
아기고양이 낙하

낙 하 하
낙 하 하

낙하하

고양이와 나비와 살구꽃잎이
빙그레 한 점으로 돌다가
부드럽게 웃음 착지

나른히 졸음 떠밀려오는
어느 봄날 오후의

고양이와 망초꽃 술래

나풀대는 흰나비 따라가다 팔랑 놓쳐버리고
흐드러진 망초꽃 앞에서 잠시 머뭇거리다가

앞발 살짝 들어 올려
하얀 꽃 이마를
톡 톡 톡
망초꽃 희롱하며 한참 놀던
아기 고양이

야옹엄마…… 야옹엄마…… 야옹야옹…… 엄마엄마……

엄마 찾아
흔들리는 꽃 대궁 속으로
몸을 감추고

꽃향기에 한눈팔다
아기 놓쳐버린 엄마 고양이
톡 톡 톡

망초꽃 대궁 사이로
얼굴 내밀어

아가냐옹…… 아가냐옹…… 아가아가…… 냐옹냐옹……

아기 찾는 엄마 이마
망초꽃으로
하얗게 흔들리고

일곱 빛깔 무지개 꽃 고양이

베란다 창으로 쏟아져 들어오는
나른한 봄 햇귀 잡고
일곱 마리 실내 냥들이 졸고 있다
하나씩 안아 톡톡 턱 긁어주는
재미가 좋다

어머나 얘네 턱드름 좀 봐

금왕이 턱드름은 꼭 딸기 씨앗이네
맞아 금왕 아가씬 딸기를 좋아하지
단 과즙은 빨아먹고 씨앗만 몰래
턱 밑에 숨겨둔 거다

어머 레오 턱드름은 채송화 씨앗이야
어쩐지 레오 아가씨 눈동자는
노란 채송화를 닮았더라

어머 어머 백작이 턱드름은

맨드라미 씨앗이야
그래서 백작 아가씬 매일매일이
가을볕 맨드라미로 튼실했구나

어머 어머 어머 어머
얘네 턱드름이 다 다르네

이참에 일곱 색깔 턱드름 긁어모아
작은 꽃밭 하나 만들어볼까

아침에 일어나 솔솔 물뿌리개
물 뿌려주는 일은
우리 일곱 냥 아가씨들 몫

빨 주 노 초 파 남 보
일곱 색깔 무지개 꽃이 피어나면

파랑 꽃아 안녕, 초록 꽃아 안녕, 보라 꽃아 안녕,

안녕, 안녕, 안녕, 안녕,

베란다 창으로 아침 햇살 쏟아져 들어오면
나는야 나른한 봄 햇귀 잡고 앉아
일곱 냥 아가씨들 턱드름이나 긁어줘가며
이렇게 살아가도 아무런 탈은 없겠네

심심산골 바위에 앉아 홀로 이나 잡는 산울림 영감처럼*

* 청마, 「심산」

고양이와 동시다발 놀이

늦은 아침 밥상 밑에서 진묘는 아래로 늘어뜨린 금왕이 꼬릴 잡아 놀고 있고 진묘가 아프게 꼬릴 물고 늘어질 때마다 무릎 오른쪽에 올라앉은 금왕인 목덜미 쓸어주는 내 손목을 아냥아냥 깨물어대고 나는 깨물린 손 비켜 아얏아얏 소리치며 놓친 금왕이 꼬릴 잡아 진묘 코앞에 도로 갖다 대주고 누구야 아프든 말든 아무 상관 없는 왼쪽 무릎의 백작은 몸 길게 일으켜 내 입술에 무한애정 뽀뽀 세례를 동시다발로 안겨주고

연둣빛 고양이 새

작은 새는 고양이 얼굴을 하고 있었다
야옹야옹 소리를 낼 때마다
코 주변 아래로 연둣빛이 흘러 나왔다
작은 새야 너를 야광으로 써도 좋겠구나
나는 비에 젖은 작은 새를 가슴에 안았다
작은 새는 연둣빛 코를 반짝거리며
내 품안을 파고들었다
나는 작은 새가 단박에 좋아졌다
작은 새는 종일 내 걸음 뒤를 따라다녔다
데려오길 정말 잘했지
나는 시간이 날 때마다 장난을 걸어주었다
작은 새는 짓궂은 놀이를 좋아해서
뻗친 수염을 스읏스읏 잡아당겨주면
연둣빛을 띠며 가르랑거렸다
이제 작은 새는 울지 않고 혼자서도 잘 놀았다
오늘은 아침부터 싸리꽃 무더기에 숨어
혼자 숨바꼭질을 하고 있었다
그때 마당가로 새들이 날아들었다

나는 단번에 작은 새 가족이란 걸 알아챘다
새들은 서로를 끌어안은 채
야옹야옹 기쁨의 재회를 나누었다
작은 새야 날 두고 떠나도 상관은 없단다
먼발치에서 바라보다 나는 그만 쓸쓸해져
조용히 자리를 떴다
작은 새가 야옹 소리치며 내 품으로 뛰어들었다
작은 새는 연둣빛 코를 반짝거리며
가릉가릉 내 얼굴을 핥아주었다
그러자 내 코 주변으로도 연둣빛이
은은히 번져 나오는 것이었다

고 바람

바람인 계집애다

계집애라서 언제나 수줍다

그걸 숨기려고 늘 까칠하다

마주치면 하악질이다

좋아하는 치킨을 내줘도 하악질이다

하악을 날리다가 삼십육계 줄행랑이다

요 계집애를 안아본 건 딱 한 번뿐이다

아기 적 목욕시켜주었을 때다

그때는 얌전히 안겨 있었다

이름을 받기 전이었다

지금은 처녀가 다 됐다

천둥과 구름 사이에서 계집애인 걸 숨기려고

바람인 매일이 하악질이다

그예 시 한 편 부탁

도서관까지 고양이 수염이 따라왔다

어디서 왔니 새끼 고양아?
한 시인이 고양이에게 가만 물었듯이
따라온 수염 한 가닥을 집어 들고
어떻게 따라왔니 고양이 수염아?
나도 시인 흉내로 가만 물어보는 것이다

도깨비바늘처럼 몰래 스웨터에 붙어 왔겠지

불 켜는 가스레인지에 겁 없이 뛰어올랐다가
순식간에 흰 수염이 도로롱 말려들어
온 저녁을 배꼽 쥐게 만들었던
봄이라 이름 지어진 아기 고양이

다시 한 번 멋지게 뻗쳐보자고
나비잠 자다 말고 양볼 내맡기는
봄 아기를 안아

고스러진 흔적 말끔히 다듬어줬더니
고만 수염 한 가닥이
도서관까지 따라온 것이다

따라온 수염을 눈앞에 들고 바라보다가
읽는 시집* 속에 슬쩍 끼워두며
그예 부탁 하나를 해보는 것이다

고양이 수염아 시 한 편 꺼내주겠니?

* 황인숙, 『리스본行 야간열차』

김담비

새끼 밴 어미 왼발에 귀뺨 한 차례 얻어맞고

까만 눈으로 그렁그렁 서 있는

우리 집 담비 고양이

백설기 같은 흰 목덜미 가만가만 쓸어주자

무턱대고 가랑이 사이 비집고 들어와

까슬한 혀로 내 입술을 핥아주지

그러다 읽는 신문 밑을 파고들어

제 깜냥대로 실컷 훼방질을 놓지

이번엔 반신 엎드린 등 위로 뛰어올라

머리카락 한 움큼 물고는

한참을 이리저리 희롱하더니

좁은 등판에서 고롱고롱 잠들어버렸다

등판 무게가 강하게 실릴 때마다

내 무릎도 점점 버거워져

그러거나 말거나 부드럽게 잠들어버린

우리 집 담비 고양이

잡것을 의식 않는 녀석의 단잠이 방해될까

전화벨이 울려도 나는 일어설 수가 없네

하롱하롱 봄날

나른한 오후였거든요
암수 동고비는 사랑놀이를 하고 있었고요
제 꼬리로 장난 놀던 아기 고양이
살금살금 나무 위로 기어올랐죠
푸른 동고비 화들짝 놀라
이 가지 저 가지로 부산하게 옮겨 날았고요
심심했던 아기 고양인 신이 나서
야옹! 소릴 내질렀지요
고양이의 나비 걸음에 살구나무
꽃가지가 하르르 흔들렸고요
그럴 때마다 동고비는 혼비백산 달아났지요
그러거나 말거나 아기 고양인 여유만만이었어요
암만 올려다봐도 새 둥지는 보이지 않는데
자지러지는 동고비의 소란에
살구꽃잎만 눈부시게 쏟아져 내렸고요
아까부터 한 아이가 나무 그늘에 앉아
꽃나비를 부르고 있었는데요
동고비의 사랑놀이도 아기 고양이 장난질도

모든 분별을 지워놓은 채 봄날은

저만치로 하롱하롱 흘러가고 있었지요

어린 고양이와 폭설 사이

어린 고양이 마실 나간 사이
간간히 날리던 눈발은 폭설로 변하고
어디 조용한 곳에 누워 지내다
집 안으로 들어오고 싶은
어린 고양이,
몸 크게 늘려 펄쩍 뛰기만 하는 거리를
차마 두려워
이웃집 처마 밑에서
애아옹 애아옹 울고만 있다

이런 폭설을 고양이는 태어나서 처음인 게다

아차 실수하는 순간 작은 몸이
눈구덩이에 풍덩 빠질 것을 육감으로 감지한
어린 고양이,
열린 창문 앞에 바투 서서
앞발 내미는 형제 애절히 바라보지만
알 수 없는 저 눈의 깊이 어쩌지 못해

안타까이 손 내밀어
애아옹 애아옹 부르고만 있다

어린 고양이 두 마리가
창문 앞 몇 뼘 거리를 가운데 두고
애가 탈 때
눈은 자꾸 내려 쌓이고 밤은 잠잠 깊어가고
부드러운 눈밭이 두려워 지레 겁먹은
어린 고양이,
불빛 훈훈한 집 안을 망연히 바라보며
백석의 흰 당나귀처럼
애아옹 애아옹 울고만 있다

이는 꼬리를 봐야 알 수 있죠 여아 꼬리는 가늘고 상냥하죠

제2부

불손의 힘

이는 꼬리를 봐야 알 수 있죠 여아 꼬리는 가늘고 상냥하죠 부드러운 실타래 같죠 남아 꼬리는 굵고 대담하죠 튼튼한 동아줄 같죠 눈으로만 보면

잡고 꼬랭이 놀이해봐야 알죠 발라당 뒤집혀 실실 웃어주는 꼬리를 봐야 알죠 꼬리를 보면 단박에 알 수 있죠 실타래 같은 꼬리는 [illegible]

불손의 힘

불손한 고양이 밥상 위에 앉아 있다

행주질을 해놓으면 먼저 알고 올라가 앉는다

"내려오지 않으면 너를 반찬으로 먹어버릴 테다"

아무리 으름장을 놔도 요지부동이다

부뚜막에 먼저 올라앉은 옛 조상 고양이는 얌전하기라도
했지

최고의 협상가

길에서 태어나 길에서 사는 올블랙 까미와
앞 못 보는 실내 고양이 진묘가
한날한시 사라졌을 때
전 주인은 소리쳐 말했었죠

"두 녀석은 최고의 고양이였어!"

그래서 당신에게 귀띔 주자면요
녀석들을 찾으려는 헛수고는
접어두는 게 좋다는 것이에요
녀석들은 지금 어설픈 새 주인에게
끌림의 무기를 슬쩍 내보인 것이에요
자신들에 대한 겸손을 알아채라고
느낌만 오도록 깜찍이 숨은 것이에요
이제 대강 눈치챘겠지만
첫사랑 연인과 이별을 준비하듯
새 주인 마음을 이미 분석했다는 것이에요
생존 전략을 위해 띄운 승부수는 강력하지만

그만큼 깨지기 쉽다는 걸 알린 것이에요
녀석들의 내밀한 카드를 알아챘다면
녀석들을 찾으려는 헛수고는
접어두는 게 좋다는 것이에요
당신에게 한 번 더 귀띔을 주자면요
한날한시 사라진 길고양이 까미와
앞 못 보는 장님 고양이 진묘는
최고의 협상가였다는 것이에요
그래요 그렇게 됐다는 것이에요

생각은 흐뭇한 배반이죠

어라 저건 또 무슨 행위지!
혼자 묻지만 그건 나도 모르는 일이죠
진묘는 입 안 가득 사료 물어 바닥에 흩뜨리고
흩뜨린 사료 한 알로 망고는 신나는 드리블이죠
아이고 저걸 어째!
벌써 몇 번째 냉장고 구석 아래에 밀어 넣었죠
그러나 걱정할 일은 아니죠
앞발은 벌써 사료를 끄집어냈고
입에 물린 사료는 곧바로 바닥에 놓이죠
거실 이쪽과 주방 저쪽이 날아다니는
한 마리 날랜 표범이죠
어이쿠 저런 또!
이번엔 생각을 완전히 배반해버리죠
끄집어낸 사료를 그 자리서 깨드득 먹어버리죠
사료 한 알이 장난감도 되고 먹잇감도 되는
이거 아주 단순해서 좋은 거죠
어쨌거나 발 빠르고 날렵하니
잘 키워 축구선수로 만들어줄까 생각이죠

어어어 그런데 저건 또 뭐야!

진묘가 사료 그릇을 그 자리서 뒤엎어버리죠

바닥 사방으로 화르륵 사료 꽃들이 피어나죠

그러든가 말든가 금왕인 품에 안겨

고릉고릉 폭풍 연주죠

아무려나 진심으로 흐뭇한 배반이죠

현대판 신데렐라 고양이

어둠이 내리자 우리 집 고양이들은 세상에서
제일 어여쁜 고양이로 변신했다

낮에 걷어둔 커튼 사이로 떠다니던
고양이 털도 다 사라졌다

보석 같은 고양이 눈동자만 떠다녔다

“야옹 야옹 이렇게 예쁘니 잡아먹지 마셔요”

호박 마차 타고 온 신데렐라처럼
유리 구두 신고 온 신데렐라처럼

따뜻한 거실 바닥에 주우욱 몸 늘이다가
무릎에 올라 입술 뽀뽀 세례를 퍼붓다가

가장무도회에서 돌아오는 구두 발자국 소리에
열여덟 눈동자들이
일제히 현관문으로 쓸려갔다

노동은 노예로 생각해 절대 노동은 하지 않는다는
현대판 신데렐라 고양이들이

샤바샤바 아이샤바 천구백육십구 년
샤바샤바 아이샤바 이천구백육십구 년

두 손 가득 사료 들고 온 가장을
흡족히 합창으로 맞아들였다

블랙 망고 이야기

내가 하고 싶은 이야기는
아홉 피스 망고 중 한 피스 맞춤으로 온
하나의 망고 이야기

한 활자 속에 담겨지면
인도차이나를 원산지로 태어난 망고와 뒤섞일
염려도 없진 않겠으나

그린의 새콤함에 애플의 새콤달콤함이 보태지고
농익은 옐로의 달콤함까지 더해져
단번에 블랙홀로 변형되는
탐나고도 고혹적인 하나의
망고 이야기

한 컷 프레임에 담겨지면
어디가 코이고 어디가 입술이고
어디가 터럭인지
서로 분별되어지기보다는

모종의 상관관계로 당당히 흡수돼버리는
완결 무구한 또 하나의
망고 이야기

그러니까 내가 하고 싶은 이야기는
한여름 자정의 초침이
하나로 겹쳐질 때
이집트 사막에서 불현듯 나타나
내 품에 안겨 든 뜨겁고도 핫한
하나의 블랙 망고
고양이 이야기

완벽하지만 또 완벽히 갈라져버린

(온몸의 털이야 그렇다 쳐도)
오월의 자정 무렵에 소방구급대원에 구조된
새끼 고양인
작은 입술도 새까맣고 여린 수염도 새까맣고
말랑말랑 발바닥도 새까맣고
종긋 올린 두 귀도 새까맣고

(허락 없이 낯선 인간에게 새끼를 빼앗기고도)
지난 일은 지난 세월에 모두 지워낸 듯
만개한 넝쿨장미 아래서 사료나 기다리는
어미 고양인
두터운 입술도 새까맣고 뻣세진 턱수염도 새까맣고
세월 더께 얹힌 발바닥도 새까맣고
안테나 감지하는 두 귀도 새까맣고

(옥상 우수관 속에 빠져 콘크리트 바닥에 갇혔다가)
골목 사람들의 응원으로 소방대원에 구조된
한 줌 새끼는 인간 품에 안겨

아기 망고로 살게 되고
네 마리 새끼를 더 보살펴야 하는 어미는
여전히 길고양이로 살고 있고

흑모 또는 흑묘로
완벽히 닮은 모녀지간이지만
삶의 방식만큼은 완벽히
갈라져버린

고양이 하기

고양이도 긴 여름 해가 심심한 것이다

발톱으로 벽 긁기도 심드렁하고
아홉 해 얼굴 맞대고 사는 일곱 형제들도
그만 심드렁한 것이다

거실 이쪽에서 저쪽 주방 끝까지
와다다의 질풍노도도 한때의 일이지
언제나 옳다는 노랑 고양이 이야기도
아홉 개의 목숨을 산다는 수수께끼 고양이 이야기도
눈 반짝 빛낼 흥미 시기는 이미 지났다

그러니 고양이는 매일매일이 심심하다

어쩌다 배달되는 박스 속 낮잠은 안성맞춤이지만
엉덩이 디밀고 들어오는 형제들이 귀찮다
따로따로 아무나 잠이 최고인 줄은 알고 있으나
그것도 하루이틀 일

고양이 나오는 시집 활자는 읽을 줄 모르고
핑퐁핑퐁 쥐돌이 잡는 일은 무료하다

대문 밖 콧바람 마실이라도 나가봐야지

하필 올 여름은 괭이꽃 화분도 없다
흥! 그렇다고 멋대로 길고양이들은 상대하고 싶지 않아
별 수 없다
목줄하고 나온 빌라 개가 오줌 지리고 가는
전봇대 아래 강아지풀이라도 뜯어야지

그렇지 않으면 도무지 긴 여름 해를
견딜 수가 없는 것이다

고양이도 아무나 하는 게 아니다

유쾌한 동거

자 뽀뽀!
입술 내밀면 얼른 분홍 코를 대주다가도
한 번 더! 하면
자존심 팍 세워 당장 외로 고개 트는
요 독특한 유전자들

흥! 코웃음 치며
완력으로 끌어안고 입맞춤하다가
돌연 발톱 세워 웃는 내 눈을 후빌 수도 있겠다는
유쾌한 반란을 상상해가며

오늘도 열한 마리
도둑괭이 종자와 동거 중이다

까만 머루 눈 닮은 수고양이와 사팔뜨기 삼색줄무늬 암고양이와 그 둘이서 떨어뜨린 아홉 마리 새끼 고양이와

한 주거 안에서 먹고 자고 배설하며

없으면 서로 못살겠다는 듯이
콧잔등 물어뜯고 할퀴어가며

냐옹 냐옹 냐아옹

매일매일의 블루

흔하게 마주치는 숏헤어 고양이가 아니라
부유한 털을 가진 페르시안 고양이였어

장마에 장모는 축축 젖어들고 있었지

늘어뜨린 수염만은 위엄에 차 있었어

블루야 블루야 멋대로 지어 부르는 이름에
페르시안 고양이는 뚱하니
결코 마음에 든 표정이 아니었어

마음 없어하는 블루란 이름은 그렇다 치고
들고 있는 우산을 접어야 하나 말아야 하나
살그머니 다가가 확 낚아채서
냅다 집으로 뛰어야 하나 말아야 하나

잠시 경계하던 파란 눈의 고양인
낯선 욕심을 읽었는지 내 눈길을 피해 숨어들었어

그곳이 하필 잡동사니 쌓아놓은 평상 구석 아래라니!

눈부신 장모와 마구잡이 풍경이 하도 이질적이어서
하마터면 딸꾹질이 나올 뻔했어

젖은 우산 쓰고 매일 병원 가는 길에
남의 집 대문 앞
낯선 시간 멈춰 서도록 길들여놓은

페르시안 흰 장모 고양이
블루 블루야

이건 너무나 고요한 일

오후 집 안엔 여섯 마리 성묘

별로 노력도 안 하고
알아야 할 것도 말해주는
법 없는

오후 집 안엔
성묘 여섯 마리

기대앉은 무릎에 포개 누웠으나
아무리 생각해도
이건 너무나 고요한 일

클래식한 빛이 밀려드는
고요와 낮은 그림자에도
결코 밀리지 않는

그래

이런 고요면 딱 좋겠군!

별로 노력도 안 하고
알아야 할 모든 것을 말해주는
법도 없는

여섯 마리 성묘들은
오른쪽 자동응답기를 향해
살짝 돌아누웠다

고양이 같은 봄날엔

고양이가 고양이인 것은
사실이더란 말

그 말은 실제로 믿어도 되는 거지

왜 혼자 내버려뒀냐고
냐앙냐앙 깨물어 오지 않는다면
그건 진짜 고양이가 아닌 거지

알아듣긴 할 테지만
이건 도무지 시크하고 도도한
고양이의 자존감 때문인 거지

다시 한번 잘라 말하자면
어떤 것에도 아부치 않겠다고
두 눈 꾹 감아 천명해버리는
오만불손의 자만감 때문인 거지

만나고 싶다고 해서 아무나 만나주진 않는다는 거

다가선다고 해서 누구나 손잡아주진 않는다는 거

오늘처럼
무엇에도 길들여지지 않는
고양이 같은 봄날엔

좀체로,

광지원의 지원이

지원이란 고양이가 있죠
집주인이 남긴 밥찌꺼기를 받아먹으며
쥐잡이로 살고 있죠
몸무게가 마른 지푸라기죠
울음도 모깃소리죠
곰팡이 균에 갉아 먹힌 앞발과 꼬리는
맨살이 드러난 채로 퉁퉁 부어 있죠
고양인 개하고 달라
자꾸 만지고 쓰다듬어줘야 한다는데
그냥 두면 금방 집을 나가버린다는데
지원인 인색한 주인집을 떠나지 못하고
작은 몸을 의탁해 살고 있죠
배곯고 있는 모습이 집까지 따라와
날마다 광지원에 갔죠
사료와 캔 습식을 들고 갔죠
내주는 습식을 지원인 단숨에 흡입했죠
그러고도 주린 배를 사료로 더 채웠죠

이젠 몸무게가 묵직해졌죠

엉덩이에 제법 실한 솔방울도 달았죠

소독약과 연고 덕에 곰팡이 균도 다 치료됐죠

무엇보다 명랑한 고양이가 됐죠

대문 밖에서 지원아 부르면
목 방울을 흔들며 반갑게 달려 나와
고로롱 품에 안기죠
광지원에 살아 지원이라 이름 붙여준
고양이 지원일
오늘도 이십여 분 버스 타고 가 보고 왔죠

고양이 명

대체로 고양이들은 이름을 따라간다
노을인 여리고 애잔했다
몇 날을 무지개다리 앞에서 놀았다
번개로 이름을 바꿔주었다
이름을 바꾸자마자 생에 가속도를 냈다
지금은 울트라 캡짱이 됐다
화랑과 유신과 계백 그리고 선화와 낙랑이 있었다
요것들은 젖도 떼기 전 어미를 잃었다
오라비인 번개의 빈 젖꼭지를 빨며 성묘로 자라났다
계백이만 아기 때 무지개다리를 건너갔다
이름을 잘못 붙여서라고 한동안 자책했다
또 천둥이 있다
이 녀석은 가만히 지켜보다가 순식간에 내달렸다
이름 그대로 진짜 천둥이 되었다
가만 봄이와 여름이와 가을이 겨울이도 있었다
고것들은 가실하고 조신하고 음전하고 애잔했다
다 계집아이였다
그 외에 현이 몽이 랑이 알록이 달록이

담비 꽃비 참비가 있었다
지금은 번개 콩님 별님 천둥 바람 보리가
한 가족으로 살고 있다
내게 명을 받은 목숨 같은 내 고양이들이다

그럴 수만 있다면

오만방자한 저 못된 고양이를 잡아다가 우리 일곱 마리 고양이 앞에 대령시켜놓고는 한 번만 작대기로 아이고 그러단 큰일 나겠지 (머리 휘젓다가) 분통 터지긴 하지만 사정없이 손바닥 볼기짝을 내려쳐봤으면,

무법으로 쳐들어와 제왕으로 군림하며 자지러지는 우리집 고양이 등짝을 사정없이 물어뜯고는 뽑혀진 털 푸푸 내뱉으며 태연하게 사라지는 저 무지막지한 놈을 꿇어앉혀놓고는 냅다 발길질 날려봤으면,

저것들을 잡아 삶아먹든지 무슨 수를 내야지 고양이만 보면 악설 퍼붓는 주인 놀부 심술이 이때만은 딱 헤아려지기도 하는 저 못된 놈을 꼼짝 못하게 눌러놓고는 볼때기 수염을 나자빠지도록 잡아 늘이다가 굵은 꼬랑지까지 감아 된통 휘둘러봤으면,

아 정말 그럴 수만 있다면,

안하무인 저놈의 길고양이를 잡아다
냅다 그럴 수만 있다면,

모종의 합의

나는 다른 말은 찾지 못하고 배추 값을 물어주겠다고 이웃집 남자 앞에서 민망해했다 츳츳츳 혀를 차며 대문을 들어서는 나를 발견하고 저만치서 한달음에 달려와 발라당 뒤집는 번개씩의 두 귀를 잡아당겼다

너 정말 쫓겨나려고 그러니
책임지면 될 거 아냐
네가 어떻게 책임질 건데
기다려봐 시도해볼 테니까
그래 무슨 시도를 해볼 건데
그렇게 따지고 들지 마
잘한 일은 아니잖아
놀이는 아직 시작도 안 했단 말야
됐다 차라리 말을 말자 응
당연한 걸 가지고 뭘 그래

이것으로 번개씩와 나 사이에 모종의 합의가 이루어진 것은 분명해졌다

그 이유를

밤새 집 안에 배설물을 쏟아놓고 방문 앞에 몰려와 열한 가지 목소리들이 나를 깨운다 배설물을 만진 수만큼 비누칠 해지는 습한 손, 아침 눈 뜨기 무섭게 내 노동과 내 경제를 파먹으며 열한 마리 고양이 종자들이 유전자를 늘리고 있다

지금은 무럭무럭 내 정신을 살찌워주고 있지만 언제 그랬느냔 듯 절호의 기회를 노리다가 자 뽀뽀 하며 입술 내미는 순간, 수십 개의 눈들이 합쳐져서 두 개뿐인 내 눈을 긴 발톱으로 후빌지도 모르는 일이라고 종내는 내 육체까지 전부 갉아댈지도 모르는 일이라고 상상의 두려움으로 진저리를 치다가도

방문 열면 얼굴부터 들이밀고 진압군처럼 쳐들어오는 것들을 차례로 이불 속에 밀어 넣고는 목덜미까지 이불 올려 쓰고 만세 자세로 잠들어버린 모습에 정말이지, 더도 말고 덜도 말고 꼭 백한 마리까지 종자 수를 늘려보고 싶은 이 이유를

이는 꼬리를 봐야 알 수 있죠 여아 꼬리는 가늘고 상냥하죠

제3부

명명

이는 꼬리를 봐야 알 수 있죠 여아 꼬리는 가늘고 상냥하죠 부드러운 실타래 같죠 남아 꼬리는 굵고 대담하죠 든든한 동아줄 같죠 눈으로만 보면

명명

그들의 입은 ㅅ으로 돼 있다

ㅅ의 입은 좀체 말을 누설하지 않는다

ㅅ의 입으로 속임수를 쓰거나
ㅅ의 입으로 가시 돋친 말을 내뱉지 않는다

ㅅ의 입으로 해답을 요구한 적도 없고
ㅅ의 입으로 사건을 은폐한 적도 없다

ㅅ의 입은 모든 말을 초월해버린다

본질 근원 너머에서 오는 말의 오해

ㅅ ㅅ ㅅ ㅅ ㅅ ㅅ ㅅ ㅅ ㅅ

수천 년 전부터 내려오는 신화까지도
그들은 전부 침묵으로 일관해버린다

고양이 연금술사

보름달이 뜨면 변해버리는 늑대인간처럼

그믐달이 기울면 점차 차오르는 슬픔처럼

두 손에 고양이 그림자를 받쳐 들고
달빛 그림자를 찾아 헤맸다

이건 미래이고
너는 또 다른 미래를
여행하는 중

한때 미치도록 뜨거웠던 사랑은
얼음처럼 차가운 맹서가 되기도 한다

달빛이 열리는
찰나

사랑과 미움은 이미

증발해버렸다

그것은 억겁의 시간

늙음과 젊음이
더불어
생성 소멸해버리는

밤의 노래

그들은 자연이 창조한 가장 아름다운 존재
또는 자연이 가장 탐을 내는 존재

그것은 밤(夜)이 알고 있다

침묵하는 밤의 시간이 오면
그들은 사자(死者) 나라로 여행하는
식물신이 된다

그들은 또한 밤의 수호자

부활하는 봄의 이미지로
수면을 잠재운다

달을 연상시키는 성스러운 눈이여
부활과 영생을 부르는 신의 찬가여

티베트 '사자의 서' 처럼

비밀 의식을 행하는 주술이
그들의 노래를 밤으로
흐르게 할 때

밤은
그들의 노래를
주술로 흐르게 한다

보름달 밤의 방문객

보름달이 뜨면 너희는 밤을 배회하지

너희가 지닌 따뜻한 분위기와
수도사 같은 엄격함은
달과 우정의 관계를 유지시키지

가끔씩은 날아가는 양탄자의
우아함과 쓸쓸함도 연출해주지

관계가 필요하면 휘파람을 불기만 하면 돼

벨벳처럼 부드러운 달빛이 흐르는 걸 보니
곧 음악회가 시작되겠구나

자 둥글게 원을 그려
달빛 그림자 연주를 준비하자

보름달 밤의 방문객으로

우아하게 우아하게
둥근 원을 그려……

『나보다 더 고양이』*에서 하는 말

그렇다
내가 하려는 이야기는 고양이들에 관한 것이다
당신의 논거에는 약간의 냉소주의가 있는 것 같다
"잔인하고 교활하고 신의 없고 위선적이고 거짓되다"
이것은 라퐁텐이 꾸며낸 음모이다
당신들은 고양이들에 대해서 아무것도 알지 못한다

전혀 아무것도!
인간이 고양이를 소유하고 있다니!

먼저 고양이가 인간들을 소유하고 있다는 것을 말해두고 싶다
인간들이 고양이의 매혹에 빠져들고 일상의 파트너로 삼고 싶어 했다
심지어 자발적으로 고양이의 노예가 되고 싶다는 욕구가 생겨났다
인간들은 이 계약에 매여 있다
정말 그 이상도 그 이하도 아니다

불편하지만 인간들이 책임져야 할 부분이 있다
바로 고양이에 대한 진실을 말해두는 것이다
아직까지 누구도 그 비밀의 베일을 들추지 않았다

고양이에 대한 인간의 애정은 좀처럼 무디어지는 법이 없다

그렇다
인간은 결코 그만두는 법이 없다

이렇게 모든 것이 다시 시작 되었다

* 로베르 드 라로슈

고양이를 위한 노래

넌 뭐가 그리 슬프니
내 비밀은 이런 거야
그것은 아주 단순하지
마음속에 떠오르는 걸 다 알 수는 없어
관심은 오로지 마음으로 봐야 한다는 거야
내일도 오후가 지날 때쯤
수많은 널 다시 볼 수 있게 되길 바라

노련한 고양이, 참견 잘하는 고양이, 열정적인 고양이, 모호한 고양이, 낭만적인 고양이, 비판적인 고양이, 풍자적인 고양이, 은유적인 고양이, 통계학적인 고양이, 정치적인 고양이, 극적인 고양이, 위선적인 고양이, 히스테리 고양이, 냉소적인 고양이, 랍비 고양이*

난 그래
모호한 고양이와 은유적인 고양이에게 끌려
그렇긴 해도 우선은 냉소적인 고양이를 갖고 싶어
그러나 또 아무러면 어때

정치적인 고양이든 통계학적인 고양이든
아무런 상관은 없어
고양이만 같이 있어준다면

네가 갖고 싶은 고양이는 어떤 고양이?

*뮤지컬 〈Cat〉, '고양이를 위한 젤리의 노래' 에서

AB형 시인과 고양이

* 뭐든 합리적이다 왠지 그렇게 되어버린다
* 이치에 맞는 걸 좋아한다
* 화제가 여기저기로 마구 튄다
* 위선은 정말 싫다 위선적인 행동은 하지도 받아주지도 않는다
* 상대를 잘 읽어내서 만난 지 몇 분 만에 상대방의 성격을 읽어낸다
* 직위 같은 것은 우습게 여긴다 그러니 상대 직위가 대단해도 기죽지 않는다
* 인간관계는 일정한 거리를 유지하려고 하며 자신의 영역을 침범당하는 것을 싫어한다
* 자기에게서 없는 점을 갖고 있는 사람은 순순히 인정한다 하지만 부러워하진 않는다
* 열심히 할 가치가 없다고 느끼는 일에는 눈길도 주지 않는다
* 휘익 고민 있어도 상담하지 않는다 상담해봤자 해결 못하니까

* 하나부터 열까지 일일이 설명하지 않아도 좀 알아 줘라고 생각한다
* 납득하는 속도가 이상할 정도로 빠르다
* 수많은 단점이 있는데도 몇 개의 장점으로 다 커버 된다

완벽하게 길들이기가 불가능하며, 다루기가 쉽지 않으며, 마음 내키는 대로 행동하며, 인간의 보살핌에도 불구하고 도망갈 궁리만 하며, 길들여진 듯하면서도 야성이 남아 있고 친숙한 듯하면서도 비밀스러우며, 사교적인 듯하면서도 홀로 있기를 좋아하는 고양이**와 동일시되는 AB형 시인은

* AB혈액형 유형.

** 로베르 드 라로슈 · 질 르 파프, 『고양이』

전령의 세레나데

그때 바람은 내 몸에 남성을 심고 있었다

길고양이가 뛰어올라 세레나데를 불러주었다

수천 번 환생을 거쳐온 고양이야

예까지 찾아와 세레나데를 불러주니
너는 옳게 찾아온 사랑의 전령사다

내 몸도 수천 번 환생을 거쳐 여기까지 왔을 게다
어느 생에선가 분명 우리도 이런 순간이 있었을 게다

너는 머뭇거리지 않는다

세레나데를 부르는 네 입술에 달빛 키스를 보내마

사랑의 전령을 타고
내 몸이 부풀어 오를 때

너는 훌쩍 몸을 날려 또 다른 언약 속으로 사라져 갔다

다음 생은 내 너를 위해 기꺼이 사랑의 전령사가 되리라

오늘 밤 언약을 저버리지 않으리라

내 몸에서 바람의 남성이 빠져나가고
서로의 맹서는 달빛으로 봉인되어졌다

고양이 이론

하느님은 태양을 창조했고
악마는 달을 만들었다
그리고 달빛은 고양이를 탄생시켰다

달과 태양을 동시에 상징하는 이중성, 부르주아에 대한 반항심을 불러일으키는 도발자, 정의의 도구이자 공포의 이미지, 행운을 상징하는 동시에 악마의 화신, 저승과 이승의 열쇠를 쥐고 있는 신비로운 피조물, 달력 주기와 연관 지어진 마녀 또는 악마의 대리자, 때론 암흑의 마법사*

이제 그들은 불길한 징조의
밤만 남겼으므로

오직 연금술사들만이
신비로운 모델로 고양이를 지목했다

* 로베르 드 라로슈 · 질 르 파프, 『고양이』

길 길냥

여행에서 돌아오니 원숭이 한 마리가 천장을 날아다녔다 꼬리를 펄럭이며 날아다니는 원숭이는 영락없는 나비원숭이였다 나비원숭이가 어떻게 우리 안방까지 왔을까 아프리카 초원에서 나를 따라왔을까

자세히 보니 길에서 데리고 온 길냥이었다 다른 고양이 가족에게 떠밀려 늘 외톨이로 지내던 길냥이가 며칠 여행한 틈을 타서 안방을 차지하곤 벽에다 천장에다 거실에다 색색의 똥을 싸 묻혀놓고는 마치 제 세상인 양 날아다녔다

너무 놀라 한참을 올려보다 재빨리 꼬리를 잡아 안아버렸다 본디 고양이 모습으로 돌아온 길냥이는 냐앙냐앙 울어대며 마구 몸을 비벼왔다 나는 수염을 스윽스윽 당겨주며 얼룩 꼬리를 흔들어 꼬랭이꼬랭이 장난을 걸어주었다 내 품에 안겨 한참을 킥킥대던 길냥이는 그만! 그만! 소리치더니 훌쩍 품을 벗어났다 그리곤 거실 구석진 곳을 찾아들어 깊게 몸을 말아버렸다

밤에만 노는 고양이들

방치해두었던 굴뚝 앞 멍석을 들어 올리자 멍석 밑에서 외눈박이 고양이가 벌떡 일어나 앉았다 고양이보다 내가 더 놀라 한 발짝 물러서는데 고양이 아비였을까 두 눈에 시퍼런 불을 켜든 채 얼른 새끼들을 감싸 안았다

한 마리 두 마리 세 마리…… 여섯 마리 일곱 마리…… 와 여기도 고양이 천지네! 동면하다 놀라 깬 듯 줄지어 선 새끼 고양이들이 겁먹은 눈으로 나를 주시했다 괜찮아 해치지 않아 조심조심 멍석 밑에 깔린 분홍 수건을 끄집어내는데 '제발 우리를 내쫓지 말아요' 백태 낀 새끼 고양이들이 한꺼번에 달려들어 냐앙냐앙 내 장딴지를 깨물어댔다

밤만 되면 온 집 안을 들쑤시는 고양이들에게 질려 아무짝에도 쓸모없는 이놈의 고양이들을 어떡하지? 내다 버릴까? 그래 내다버리자 날 풀리는 대로 숲속에 내다 버려야겠어! 주문 외듯 중얼중얼 잠든 새벽녘에 기어코 참비 담비 남매가 합세해 곤히 잠든 길냥이 집을 와그르르 엎어버리는 것이었다

이는 꼬리를 봐야 알 수 있죠 여아 꼬리는 가늘고 상냥하죠

제4부

고양이 자서

이는 꼬리를 봐야 알 수 있죠 여아 꼬리는 가늘고 상냥하죠 부드러운 실타래 같죠 남아 꼬리는 굵고 대담하죠 튼튼한 동아줄 같죠 눈으로만 보면

공손한 죽음

얼룩무늬 길고양이는 은고개 도로에 목숨을 바치고도 공손했다

성불사 오르는 길목을 향해 두 손발 가지런히 모아 합장하고 있었다

두 눈 감아 나도 고요히 합장 올렸다

고양이 자서

늙은 고양이가 울고 있다
고양이 울음 속으로 누군가 걸어 들어가고 있다

(캄캄한 어둠 속에서 웅크려 잠든 너는 누구인가)

세상 속은 아닐린처럼 어지럽다
늙은 고양이 인광이 어둠 속에서 흔들린다

(죽은 듯 누워 어둠을 쏘아보는 너는 누구인가)

한 마리 벌새가 날아와 어둠 속에 집을 짓는다
비틀비틀 누군가 정지된 어둠 속으로 들어가고 있다

(어둠 속에서 점점이 추락하는 너는 또 누구인가)

세상 밖은 여전히 불청객이다
어둠을 그러안은 채 누군가가 세상 밖을 헤매고 있다

(어제부터 고양이 울음을 부르는 너는 대관절 누구인가)

늙은 고양이 울음이 어둠을 집어 삼킨다
또 다른 누군가가 고양이 울음 속으로 걸어 들어가고 있다

한 마리 고양이가 우주의 핵심에 다가갔다

하루도 거르고 살 수 없는 너를 놓친 날부터

잠자리는 얼마나 불안했는지
하루는 얼마나 긴 허공이었는지
정신이 갈 바를 모르다가
생각이 어둠 속을 헤매다가

(애타는 목소리로) 어디에 있는 거니
(캄캄한 눈으로) 어디로 가고 있는 거니

벌써 먼지로 흩어졌을 너를 살려낸 죄,
애이불비 기어이 너를 키워낸 죄,

그 죄에 합당한 대가라면 응당 그 벌을 받아놓겠다
그 죄에 대한 질문이라면 응당 합당한 답을 내려주겠다

(따지고 보면)
너야 그리 억울한 삶이 아닐지 모르겠으나

나는 그렇지 않다
고양이별이 아니라 지옥 세계라도 가서
너를 되찾아오고 싶다
몇 발짝 뒤따라오는 너를 두고
오르페우스가 되지 않을 각오는
이미 돼 있다

(그러나 또 따지고 보면)
지구에 몸 내리고
어둠 속으로 사라지는 그 길에서
너도 자유스럽진 않았을 것이다
삶이 그대로 놓여버릴 줄은
너 자신도 끝내 몰랐을 것이다

절망적인 인사도 없이
한 마리 고양이가 우주의 핵심에 다가갔다*

* 조안나 샘즈마크

노란 울음

쏟아지는 햇빛 속에 너를 풀어놓고 와
나는 또 얼마나 우는 날이 많아질까

안 되겠다 지금 당장 너를 데리러 갈 테다
너를 끌어안으며 나는 명랑하게 말할 테다

까꿍! 하룻밤 사이에 네가 보고 싶어 정말 혼났다
그러면 너는 반갑게 내 발목을 휘감으며 대답할 테지
까꿍! 엄마 하룻밤 풀숲 잠도 꽤나 근사했어요

그러나 너는 몸을 감추고
끝내 모습을 보이지 않았다

갈 길을 정해놓은 듯
너는 어제 빗물 웅덩이를 피해 젖은 흙길을
태연자약 걸어가고 있었다
이름도 얻지 못한 눈곱재기 두 꼬맹이가
네 뒤를 따르고 있었다

흐음! 산책 나온 고양이 가족이로군
아무것도 모르는 이는 이렇게 말했을 것이다

흰나비 떼 사이로 불쑥불쑥 얼굴 내미는
다른 가족들을 다 놔두고
너는 대체 어디로 가고 있었던 거니

말 못 하는 목숨붙이들을 풀숲에 풀어놓고 와
나는 목구멍에 밥을 밀어 넣을 수가 없다

가릉거리는 냉장고에 몸 부리고 앉아
나는 또 얼마나 우는 날이 많아질까

선화야

꿈 안의 막

이러면 안 되는 거잖아요
정말 이럴 순 없는 거잖아요
산목숨을 땅에 묻을 순 없는 거잖아요
형편이 어려운 것도 아닌 거잖아요
한번 병원에 데려갈 수도 있는 거잖아요
나는 이웃집 남자를 저지하며 울음을 터뜨렸다
그 사이 구덩이는 점점 더 깊어졌다
한 녀석은 짐짝처럼 사지가 묶여 있고
한 녀석은 내팽개쳐져 피를 흘렸다
저 몸으로 여기까지 온 것도 다행이라며
이웃집 여자가 동정을 보냈다
달리는 트럭에 부딪쳤다지만
좀 전 그 집 아이와 올라올 때는
분명 명랑한 걸음이었다
이웃집 남자가 행동을 멈추고 돌아보았다
다행히 생각을 고르는 것 같았다
마음이 놓였던지 저절로 눈이 떠졌다
울음은 계속해서 꿈 밖으로 터져 나왔다

캄캄한 도로에 누워 있는 고양이를 본
어젯밤이었다

한 경계 막

할머니가 아기 고양이를 끌고 나왔다
손에 든 삽만 아니라면 산책길로 보였다
버스정류장 사람들을 둘러보며 할머니가 말했다
저 높은 담장에 매달까 아니면 저 해바라기에 매달까
사람들 눈이 일제히 할머니에게로 쏠렸다
아무것도 모르는 아기 고양이는
분홍 코를 벌름거리며 할머니 뒤를 따랐다
까만 턱시도 차림에 사랑받은 태가 듬뿍 났지만
할머니는 아기 고양이를 향해
단번에 삽날을 내리쳤다
까만 고양이 머리에 금방 피가 고였다
그런데도 아기 고양이는 비명도 없이
발라당 뒤집어 애교를 부렸다
할머니를 나쁘다고 탓할 수만은 없어요
생활이 어려워져 더는 키울 수가 없는 거예요
이미 알고 있다는 듯 누군가 할머니를 동정했다
누가 아기 고양이를 맡아주면 좋겠어요
새끼도 못 낳는 수고양이예요

내가 나서서 사람들을 둘러봤다
그러나 사람들은 한낱 구경꾼에 불과했다
출근길인데 우리가 뭘 어찌 하겠어요
누군가 변명 같은 변명을 해대자
정류장 사람들 모두가 돌아섰다
집에 일곱 마리가 있어 나는 무리예요
나는 애원하다가 아니아니 괜찮아요
내가 데려가겠어요
이렇게 해서 까만 턱시도 아기 고양이는
일곱 마리 우리 고양이와 한 경계 막에서
한 가족을 이루게 됐다

격정

강자는 이미 밤바람 소리를 내며 날라버렸다

약자만 그 자리에 남아
강자보다 더 무소불위를 휘두르는
인간을 피해 달아나다가
구석진 건물에 숨어들었다

거친 숨 헐떡헐떡,
물어뜯긴 목덜미 핏자국,
뽑혀진 털 뭉치,

캄캄한 구석인데도 다 드러났다

괜찮아 괜찮아
온몸으로 전달되는 공포적인 숨을 달래며
무릎 접어 다가가 거친 등을 쓸어줬다

찌그러진 한쪽 눈 불구에

뭉텅한 꼬리 고양이,

너였구나
사슴보다 더 겁먹은 고양이야
네가 깊은 꿈까지 찾아와 나를 불러댔구나
카랑카랑 구원의 목소리로 나를 깨워댔구나

소독 연고와 물 한 대접을 들고 다시 구석을 찾았을 때 약자 고양인 사라지고 어둠만 남아 거친 숨을 헐떡거렸다

몸은 대문 밖 저만큼으로 내달리고 있지만
발걸음은 아직 계단에 머물러 있는 것처럼
심장이 마구잡이로 방망이질해왔다

새벽 네 시 사십사 분
돌아와 불 끄고 자리에 누웠는데도
여전히

너만 없는 일기

이십사 시간 방범용 녹화 카메라는 다 보았을 것이다 노다지 빌라 주차장에서 화투장 펼치는 노인들도 밖에서 살다시피 하는 백작도 어젯밤 사고를 목격했을 것이다 그런데도 하나같이 굳게 침묵을 지키고 있다 바닥 혈흔에 남겨진 노랑 털 한 점과 흰 털 두 점조차 침묵이다

집 앞을 지나는 차량이 다 의심스럽다 오토바이로 내달리는 헬멧도 의심스럽고 사고 현장을 일러주던 이웃도 의심스럽다

아침부터 비가 뿌려진다 비가 현장 바닥을 씻어내고 담벼락 혈 자국도 지워내고 있다 몇 겹 어지러운 전선줄에 빗방울이 매달린다 매달린 빗방울이 내 마음 같다

(살림을 하나씩 정리해야겠다 갑자기 내가 사라지고 나면 내 것은 다 쓸모없게 될 것이다)

완벽하게 금왕인 고양이별로 떠났다 흰 담벼락에 혈흔만

뿌려놓고 떠났다

돌아보면 네가 있을 것 같다 그러나 돌아보면 너만 없다

아무런 예고도 없이 너만 갔다

하얀 물음

네가 슬쩍 사료 그릇을 내준 적도 없으면서, 네가 말라붙은 눈곱을 닦아준 적도 없으면서, 네가 양볼 수염 당겨 장난을 걸어준 적도 없으면서, 네가 등판에서 머리카락 희롱질을 받아본 적도 없으면서,

무슨 눈물이 그리 솟구치지
무슨 심장이 그리 터질 듯하지

상처에 소독 연고를 발라준 적도 없으면서
끌어안고 병원으로 달려간 적도 없으면서

측은지심을 내보인다는 게 우습잖아
로드킬 당한 길고양이는 흔한 일이야
쓰레기 치울 수고가 하나 더 늘었을 뿐이지

그냥 가던 길을 가면 되는 거야
그래 그러면 되는 거야 츳

전생에 빚진 고양이

고양이가 흐느껴 울었다
어쩌다 이리 된 거니?
상처 입은 고양이를 끌어안았다
고양이는 입을 다문 채 흐느끼기만 했다
또 늙은 개에게 물린 거니?
고개 젓던 고양이가 한마디 내뱉었다
비겁한 놈!
그래 어떻게 된 일이니?
처음 맞붙어선 내가 이겼어요.
그런데?
놈이 뒤에서 허를 찌르고 달아났어요.
정말 비겁한 놈이구나.
내게 빚이 있대요.
빚? 무슨 빚?
빚이 아니라 빛이요, 전생의 빛이래요.

고양이는 마지막 말을 놓고 사라졌다 한쪽 구석엔 늙은 개에게 뒷다리 물린 다른 고양이가 죽은 듯 잠들어 있었다

비루한 인정

퍼붓는 장맛비가 고양이처럼 두렵다

한 끼 밥이 캄캄해지지 않도록
사료 그릇부터 챙겨 계단을 내려간다
일요일 교회 종소리에나 깨나는
자동차 아래가 오늘 길고양이 식당이다

무릎 굽혀 사료 그릇을 들이밀자
발그레한 젖꼭지가 먼저 눈에 들어온다

저것이 또 뱃속에 새끼를 담았구나

어젯밤 처음으로 꿈속을 찾아온 어린 애인아
너도 보았겠다 간지럼인지 부끄럼인지
내 입술이 네 목덜미에 가 닿자
너는 발그레 흔들렸다

제각각 다른 털옷 나눠 입고 나온 네 마리 새끼와 새로 태어날 새끼들 감당할 재간이 없다며 하필 며칠째 퍼붓는 장마에 사료 주기를 중단한 ㅈ씨처럼 나도 단호히 고양이식당 접을 용기가 있었으면 좋겠다

비루한 인정 내치지 못해
젖은 사료 고양이 앞에 디밀어주며
어린 애인아 언제든 네가 내 곁을 떠나도
상관은 없겠다는 생각을 했다
진정으로 아무런 상관은 없겠다고 생각했다

이사 날짜를 받아놓고

고양이 모녀가 방문 앞에서 튀어나와
주인이면서 지금껏 잘해준 게 뭐 있냐고
따지고 들었다
여태껏 먹여주고 재워주고 떠받든 게 화가 나서
못해준 건 또 뭐냐고 따지려 들다가
울며불며 달려드는 처지가 불쌍해
그냥 눈 감고 자리를 피해버렸다
그런데 누가 내 야성을 죽이랬냐며
계속 따라오며 사납게 대드는 것이었다

이런 안하무인도 유분수지! 허구한 날 오줌똥 싸지르고 먹은 거 토해내고 장판지 구멍 다 내놓고 앨범국어대백과사전에 커튼벽지 의류가방까지 전부 긁어 못쓰게 해놓고 새 잡아와 털 뽑아 늘어놓고 생쥐 물어와 방구석에 풀어놓고 그것도 모자라 회전의자까지 떡 차지하고선 여태 뭘 잘해준 게 있냐니 요런 맹랑한 것 같으니라구!

어미 잃고 절뚝이며 추위에 떠는 것을 안방에 들여놓고

솜이불에 오줌똥 지려놔도 괜찮아 또 빨면 되지 다독이며 캔고등어에 닭고기에 사료 먹여 자식처럼 키워놨더니 고작 한다는 소리가 여태 잘해준 게 뭐 있냐고? 아나! 은혜 모르는 짐승아 너 집 나가 살아봐라 사나운 괭이한테 쫓겨 다녀봐라 사나흘 굶어봐라

이사할 날은 바짝바짝 다가오고
외출 고양이들을 집 안에 다 가둬놓을 수도 없고
떠날 시간에 나가 있으면 불러들이지도 못하는데
여차하면 몇 놈은 남기고 가야 할 판인데
데려가기도 걱정이고 남기고 가기도 걱정인
이래저래 꿈에서조차 골치 아픈
냐옹냐옹 열한 마리 고양이 가족들

은별이의 좌충우돌기

덤빌 테면 덤벼봐
너 엄마 있어?
내 뒤로 사람 보이지?
바로 우리 엄마야
난 따뜻한 방에서 살아
우리 엄마가 목욕도 시켜주지
너 따뜻한 물에 목욕해봤어?
향기 나는 샴푸로 목욕해봤냔 말야
거봐 없지? 그러니까 까불지 마
쪼그맣다고 날 우습게 보지 말란 말이야

하악! 하악! 녀석은 처마 밑으로 어슬렁거리는 길고양이를 만나자 작은 입을 벌려 한껏 위협했다 제 몸의 몇 배나 되는 길고양이 앞에 마주 서서 도전장을 내는 폼이 제법 그럴듯하다 쫓아다니던 참새가 앞마당에 내려앉아도 이젠 주먹만 한 참새 따위엔 관심 없다

아무래도 녀석은 맨 처음 길고양이와 마주쳤을 때를 잊은 것 같다 그날 난생처음 창문을 비집고 바깥 구경을 나갔다

가 소리 없이 나타난 길고양이를 보고 기절초풍해서 외마디를 지르며 뛰어 들어왔었다

오늘 드디어 녀석은 임자를 만났다 아침부터 추녀 밑을 제멋대로 휘젓고 다니다가 볼따구니 늘어진 길고양이와 맞닥뜨린 것이다 카릉! 크하! 늘 하던 대로 녀석은 포복 자세로 날카로운 이빨을 드러냈다 아가야 너는 어디서 왔니? 눈꼬리가 한 자나 치켜 올라간 늙은 고양이는 상대할 것도 못 된다는 듯이 조용히 녀석을 비켜섰다

하룻강아지 범 무서운 줄 모른다더니 아무래도 녀석의 간덩이가 밖으로 튀어나왔던 게다 의기양양해서 덩치를 쫓아가다 결국 몇 발자국 못 가 덥석 목덜미를 물리고 말았다 치아옹! 다급한 녀석의 비명, 녀석은 혼비백산 물찌똥을 싸지르며 집 안으로 쫓겨 들어왔다

녀석으로 말하자면 저도 길고양이 어미에게서 태어난 별수 없는 새끼 길고양이였던 것이다

고양이 안테나 통신

*

바깥세상과 소통하는 녀석의 출구는 겨우 작은 창문이다 어느 틈엔가 녀석은 구멍 뚫린 방충망 밖으로 주먹만 한 머릴 디밀어 그들만의 세계와 소통하는 방법을 터득했다 절집 후미진 추녀 아래로 온갖 길고양이들이 몰려다닌다 바쁠 것도 없는 그것들은 어슬렁어슬렁 인간세계를 배회한다 그러다 시들해지면 양지바른 곳에 아무렇게나 몸 늘여 나른한 오수에 빠져든다

오늘 녀석은 꼬랑지를 바짝 세우고 이층 법당 앞까지 진출했다 '이층 법당 지층 요사채' 의 푯말을 지나 빛바랜 연등 아래 멈춰 서서 두 귀 쫑긋 열어 안테나를 올려 세운다 안전 수신을 감지했는가 녀석은 일말의 망설임도 없이 사뿐 몸 늘여 층계 밑으로 사라진다 날렵하기가 한 마리 표범 같다

**

다저녁때 녀석을 찾으러 옥상에 올라갔다가 거기서 절집

승려를 만났다 승려는 옥상 난간 끝에 걸터앉아 케이블 방송 전선줄을 만지고 있었다 "텔레비전 수신이 끊겨서 말이죠 로또 복권을 샀거든요" 승려가 대뜸 내게 첫 발신을 띄운다 "아니, 스님이 로또 복권 당첨돼서 뭐 하시게요?" 나도 상대가 보내는 발신을 제꺼덕 수신한다 "그야 뭐 근사한 절 한 채 지어야죠" 복권 운운하면서 물질 세상과 소통을 시도해보는 승려의 웃음이 아이처럼 천진스럽다 "여긴 고양이가 떼로 모여들죠 어느 땐 굉장해요" 승려는 그간 단절됐던 소통의 출구를 활짝 열어놓는다

***

보다 멀고 보다 넓은 세계로 안테나를 발신하기엔 조금은 두려운 것일까 통신할 수 있는 녀석의 한계는 아직은 집 둘레다 조금 있으면 녀석은 어두워진 창문 앞에 와서 내게 저만의 발신을 보낼 것이다 니야옹 나 왔어요 엄마 문 열어주세요

매일 아침의 간이식당

한 마리 새끼 고양일 위해 매일 아침 옆집 컨테이너로 물과 사료를 배달했다 그러던 어느 아침 새끼 고양이가 통통통 말을 걸어왔다

여비 양 : 아줌마 안녕! 아침마다 사료 고마워.

자흔 씨 : 안녕 아기 여비님! 먼저 말 걸어줘서 고마워요.

여비 양 : 서쪽에서 해가 뜨지 않는 한 매일 아침 아줌마 발자국 소리가 온다는 걸 난 알아.

자흔 씨 : 동쪽으로 해가 지지 않는 한 나도 매일 아침 여비님에게 올 거란 걸 알고 있어요.

여비 양 : 그런데 이왕이면 일곱 시라든가 여덟 시라든가 딱 시간 정해 오는 건 어때? 지나치는 여럿 발자국들 소리에 매번 긴장하거든?

자흔 씨 : 미안한데 그 약속은 어려워요. 집안일을 하다 보면 아차 시간 놓치기 십상이거든요.

여비 양 : 뭐 그렇다면야 할 수 없지. 분명한 건 아침이면 제일 먼저 아줌마 발걸음 소릴 반길 준비를 한다는 거야.

자흔 씨 : 내게도 여비님 만나는 시간이 큰 즐거움인걸요. 아침 사료 배달만큼은 거르지 않겠다고 분명 약속할 수 있어요.

여비 양 : 냐앙! 그 기분 좋은 말은 열 번이라도 들어줄 용의가 있어.

자흔 씨 : 내가 매일 아침 밥상을 따로 배달하는 이유가 뭐게요. 까망 외투의 아비 고양이도 아니고 노랑 외투의 어미 고양이도 아닌 오로지 눈부신 아기 여비님을 위해서란 걸 알아주면 좋겠어요.

여비 양 : 그건 당연히 나도 알아. 내 전담 식당 아줌마 마음을 생각해서라도 많이 먹고 얼른 커서 추운 겨울 여기까지 배달하는 수고를 덜어줄게.

자흔 씨 : 벌써 말만으로도 든든해지네요. 그래요. 어서 쑥쑥 자라 우리 대문 앞 공용 식당까지 발걸음 당당한 여비님을 소망하고 있을게요.

그러나 새끼 길고양인 끝내 겨울 문턱을 넘지 못하고 고양이별로 떠나갔다 여비야 나와 밥 먹어! 부르면 컨테이너

밑에서 통통통 튀어나와 의심 없이 밥상 앞에 앉아주던 모습이 자꾸 따라왔다 무지개다리는 아예 넘볼 생각도 말라는 당부를 못해준 자책도 내내 밀려왔다 이틀 지나 흰 토끼 닮은 새끼 고양이에게 가던 간이식당을 나는 쓸쓸히 접었다

고양이 여신과 위대한 어머니로서 시인

임동확

보통 비만하고 느릿하며, 게으르고 졸린 듯한 표정의 대낮 고양이는 "어둠이 내리"면 "보석 같은" "눈동자"를 반짝이며 "세상에서/제일 어여쁜 고양이로 변신"(「현대판 신데렐라 고양이」) 한다. 또 "밤의 수호자"로서 태양의 변용력을 나타내며 "달을 연상시키는 성스러운 눈"을 가진 고양이는 "부활과 영생을 부르는 신의 찬가"를 부르거나 "티베트 '사자의 서'처럼/비밀 의식"의 "주술"(「밤의 노래」)을 주관한다. 그리고 바로 그렇기 때문에 제어할 수 없는 광기나 유령을 연상시키는 눈동자를 가진 고양이는, "정의의 도구이자 공포의 이미지, 행운을 상징하는 동시에 악마의 화신"(「고양이 이론」)으로 다가온다. 안을 보면서 바깥을 보는, 혹은 바깥을 보면서 안을 보는 이중성의 눈을 가진 게 고양이라는 동물이다.

그런 고양이는 대체로 주위를 예민하게 살피고, 그 대상을 제압하거나 얼어붙게 하는 마력을 갖고 있다. 또 갑작스레 달려가면서 겁먹은 표정을 짓는가 하면 몰래 숨어 있다가 인간을 놀라게도 한다. 그래서 중세인들은 마녀와 관련되어 있다며 대량 학살을 자행한 바 있다. 고양이는 대부분 감추어진 상태로 생활하며, 바로 그것이 고양이에 대한 신비감과 동시에 공포를 부른 까닭이다. 분명 명백하게 드러나 있으되 동시에 뭔가를 감추고 있는 미지의 동물이 고양이인 셈이다.

그럼에도 불구하고 고양이는 "자연이 창조한 가장 아름다운 존재/또는 자연이 가장 탐을 내는 존재"이다. 특히 고양이는 "침묵하는 밤의 시간이 오면/사자(死者) 나라로 여행하는 식물신"이자 "밤의 수호신"이 된다. 타고난 연극배우의 페르소나를 가진 동물로서 그때마다 세련된 연극성(theatricality)을 보여주는 고양이는 자기 자신만을 위한 컬트(cult)의 사제이자 신으로서 "비밀 의식을 행하는 주술"사다. 의식적인 순결성의 코드를 준수하면서 "부활과 영생을 부르는 신의 찬가"(「밤의 노래」)로 자기 자신을 종교적으로 승화할 줄 아는 동물이 고양이다.

김자흔 시인은 이런 속성을 가진 고양이의 모습을 자음(子音) 'ㅅ'으로 집약시켜 보여주고 있다.

그들의 입은 ㅅ으로 돼 있다

ㅅ의 입은 좀체 말을 누설하지 않는다

ㅅ의 입으로 속임수를 쓰거나
ㅅ의 입으로 가시 돋친 말을 내뱉지 않는다

ㅅ의 입으로 해답을 요구한 적도 없고
ㅅ의 입으로 사건을 은폐한 적도 없다

ㅅ의 입은 모든 말을 초월해버린다

본질 근원 너머에서 오는 말의 오해

ㅅ ㅅ ㅅ ㅅ ㅅ ㅅ ㅅ ㅅ ㅅ

수천 년 전부터 내려오는 신화까지도
그들은 전부 침묵으로 일관해버린다

—「명명」 전문

먼저 고양이는 목젖으로 콧길을 막고 혀의 앞바닥을 입천장의 앞바닥에 닿을락말락하게 하면서 내는 무성음(無聲音) 'ㅅ'처럼 우선 "좀체"로 "말을 누설하지 않는"다. 동시에 고양이는 자신의 "입으로 속임수를 쓰거나" 타인을 향해 "가시 돋친 말을 내뱉지 않"으며, 그의 "입으로" 무슨 "해답을 요구"하거나 특정 "사건을 은폐"하지 않는다. 마치 스핑크스처럼 "모든 말을 초월해" 있는 특징을 갖고 있는 게 고양이의 "입"이다.

특히 고양이는 자신의 "본질 근원"을 더럽히거나 "오해"될 수도 있는 "말"의 가능성과 한계 때문에 자신에 대한 "신화"적 담론이나 미화에도 일체 "침묵"한다. 자신의 존재성과 진리에 대해 말할 수 없음을 오직 "침묵으로 일관"하며 대응한다. 함부로 말을 내뱉거나 누군가의 비밀을 폭로하지 않는 신중함과 진중함을 갖고 있는 게 고양이며, 이는 끝소리로 그칠 때는 혀 앞바닥과 입천장 앞바닥이 아주 맞닿아서 숨길을 막는, 일견 날카롭고 서늘한 느낌을 주는 자모(字母) 'ㅅ'을 닮아 있다. 머뭇거리거나 주저하는 거절 또는 수줍음이 고양이의 신비스러운 침묵이 고양이의 또 다른 말하기 방식이며, 우린 그런 행동 양식을 통해 고양이의 그 어떤 본질 또는 존재의 비밀을 엿볼 수 있다.

마치 장중하게 파도치며 흘러가는 큰 강물의 물결 같은 고양이의 '도도(滔滔)함'(시인의 말)은 여기서 비롯된다. 고양이는 설령 "벌"에 "뒷자리"를 "쏘"여 "절뚝거"리자 주인이 그게 안타까워 "번쩍 안아 올리려 하자/뭔 상관이냐 듯" "획 돌아서서"(「몽이」) 눈을 흘긴다. 또 고양이는 "도무지 시크하고 도도한" "자존감" 또는 "자만감" 때문에, "무엇에도 길들여지지 않는"다. "누구야 아프든 말든 상관 없"(「고양이와 동시다발 놀이」)이 제 기분이 내키는 대로 행동한다. 때로 주인의 "생각을 완전히 배반"(「생각은 흐뭇한 배반이죠」)하거나 자신의 행위가 "언제나 옳다"(「고양이 하기」)고 믿으며 노골적으로 자기 이익만을 내세우는 게 고양이의 큰 매력이자 그만의 위엄을 지켜가는 필수 요소로 작용하고 있다.

그러니까 이러한 고양이의 도도함과 일종의 나르시시스트(narcissist)적인 이면엔 "행주질 해놓으면 먼저 알고" "밥상 위에" "올라가 앉는", "아무리 으름장을 놔도 요지부동"인 "불손"(「불손의 힘」)함이 숨겨져 있다. 행여 "완력으로" "입맞춤하다"간 "돌연 눈을 후빌 수도 있"(「유쾌한 동거」)는 앙칼짐을 숨기고 있다. 또 "흰 목덜미"를 "쓸어주자" "까슬한 혀로 내 입술을 핥아주"다가도 "머리카락 한 움큼 물고" "한참을 이리저리 희롱"(「김담비」)하기도 한다. 인간의 환심을 사려 애쓰는 개와 달리, "자 뽀뽀!/입술 내밀면 얼른 분홍 코를 대주다가도" 금세 "자존심을 팍 세워 당장 외로 고개"를 틀곤 하는, "독특한 유전자"(「유쾌한 동거」)를 갖고 있는 동물이 고양이다.

거만하고 이기적이며 고독하고 약삭빠른 고양이는 그런 점에서 분열된 의식의 소유자다. 기분 좋으면 '냐아옹' 하다가도 갑자기 주인을 할퀴려 드는 고양이는 두 가지 상반된 감정(ambivalence) 또는 서로 다른 행동을 보여준다. 예컨대 고양이는 "열정적"인가 하면 "냉소적"이고 "모호한"가 하면 "통계학적인"(「고양이를 위한 노래」) 정확성을 가지고 있다. "자발적으로" "노예가 되고 싶다는 욕구가 생"길 만큼 "매혹"적이면서 "좀처럼" 자신의 "비밀의 베일"을 벗지 않는, 한편으로 매우 "잔인하고 교활하며 신의 없고 위선적"(『나보다 더 고양이』에서 하는 말」)인 동물 중의 하나가 고양이다.

> 지금은 무럭무럭 내 정신을 살찌워주고 있지만 언제 그랬느냔 듯 절호의 기회를 노리다가 자 뽀뽀 하며 입술 내미는 순간, 수십 개의 눈들이 합쳐져서 두 개뿐인 내 눈을 긴 발톱으로 후빌지도 모르는 일이라고 종내는 내 육체까지 전부 갉아댈지도 모르는 일이라고 상상의 두려움으로 진저리를 치다가도

> 방문 열면 얼굴부터 들이밀고 진압군처럼 쳐들어오는 것들을 차례로 이불 속에 밀어 넣고는 목덜미까지 이불 올려 쓰고 만세 자세로 잠들어버린 모습에 정말이지, 더도 말고 덜도 말고 꼭 백한 마리까지 종자 수를 늘려보고 싶은 이 이유를
>
> ―「그 이유를」 부분

고양이는 평소 피폐해진 "내 정신을 살찌워주"는 반려동물이다. 하지만 그것도 잠시, 방심한 채 "입술 내"밀다간 "내 눈을 긴 발톱으로 후"비거나 "종내는 내 육체까지 전부 갉아댈지도 모"른다는 공포와 "두려움"을 준다. 그럼에도 불구하고 "나"는 "방문 열면 얼굴부터 들이밀고 진압군처럼 쳐들어오는" 고양이들을 차마 어쩌지 못해 "이불" 속에 끌어안고 잔다. 그러면서 어느새 "더도 말고 덜도 말고 꼭 백한 마리까지 종자 수를 늘려보고 싶은" 충동에 빠지도록 한다.

이처럼 공포와 매력을 동시에 선사하는 고양이는 "완벽하게 길들이기가 불가능"하며 "다루기가 쉽지 않"다. 온갖 정성을 다한 "인간의 보살핌에도" "도망갈 궁리만 하며 길들여진 듯하면서도 야성"이 살아 있다. 또 "친숙한 듯하면서도 비밀스러우며 사교적인 듯하면서 홀로 있기를 좋아"한다. 특히 고양이는 그런 점에서 "뭐든 합리화"하며 "위선"을 "정말 싫어"하는 혈액형이 "AB형"인 "시인"(「AB형 시인과 고양이」)과 닮아 있다. 그래서 때로 솔직히 '나'는 그런 "못된 고양이를 잡아다가" "사정없이 손바닥 볼기짝을 내려"치거나 "냅다 발길질 날려봤으면"(「그

럴 수만 있다면」) 하는 충동을 느낀다. 또 그래서 "번개씩"라는 이름의 고양이 "두 귀를 잡아당겨"보지만, "이웃집" "배추"밭을 망치고도 "한달음에 달려와 발라당" 누우며 되레 "책임지면 될 것 아냐"(「모종의 합의」)라고 큰소리치며 뻔뻔하게 구는 게 고양이다.

매우 아름답고 고고하지만 때로 악동적이며 연극적인 모습을 하고 있는 고양이는, 그러나 김자흔의 시세계 속에서 "여아인지 남아인지" "구별"이 "안 되"(「나는 누구이게요?」)는 탈성화(desex) 형태로 나타난다. 이젠 "처녀가 다 됐"음에도 수컷인 "천둥과 구름 사에서" 한사코 "계집애인 걸 숨기려"고 "매일" "하악질"하는 암컷 고양이 "바람"(「고 바람」)처럼 그녀의 시 속에서 고양이는 주로 남자의 작용을 필요로 하지 않는 자기수태의 '아가씨' 또는 '새끼 고양이'의 모습을 하고 있다.

> 아이고 저 가이나
>
> 판판 부끄러운
> 줄도 모르고
>
> 자랑인 듯 장난인 듯
> 오동통한 꼬릴 반짝
> 치켜세우지
>
> 앞 못 보는 진묘는
> 연꽃무늬 똥꼬

부처님 극락전에 피어 있는
동그란 연꽃무늬 똥꼬

까만 엉덩이에
흰 연꽃 하나 달고
하루하루가 유쾌하지

—「유쾌한 똥꼬」 부분

"저 가이나"로 호칭되는 고양이는 인간의 성장발달 단계로 보면 임신 가능성과 성적 능력을 구비하고 있는 '처녀나 젊은 여자'에 해당한다. 그런데도 매번 이 고양이는 "부끄러운/줄" 모른 채 "자랑인 듯/오동통한 꼬릴" 바짝 "치켜세"운 채 활보한다. 정상적이라면 한사코 감추거나 숨겨야 할 생식기를 만천하에 드러내고 다니면서도 결코 부끄러워할 줄 모른다. "동그란 연꽃무늬"의 "똥꼬"를 가진 고양이는, 바로 암수가 한 몸인 남녀추니(Androgyne) 또는 양성구유(兩性具有)의 성격을 지니고 있는 까닭이다. "까만 엉덩이에/연꽃 하나 달고/하루하루"를 "유쾌"하게 보내는 고양이는 또한 모든 수컷들로부터 독립되어 있는 한 처녀의 자율성을 나타내기 때문이기도 하다.

그렇다고 김자흔의 시에서 모든 고양이들이 무성적(無性的)인 것은 아니다. 비록 "얼굴로는 절대" "안 되"지만 "다 자란 꼬리"로만 암수를 "구별"(「나는 누구이게요?」)할 수 있으며, 때로 "수천 번"의 "환생을 거쳐온 고양이"는 "내 몸에 남성을 심"거나 "세레나데를 불러주"는 "사랑의 전령사" 역할을 한다. 하지만 금방 그 "바람의 남성이 빠져나가고/서로의 맹서는 달빛으로 봉인"(「전령의 세레나데」) 된다. 대체로 성별(性別)을 초월해 완전하고 자립적이며 청순 무구한 자태를 하고 있으며, 따라서 이때 수컷들은 별 볼일 없는 존재가 되고 있다.

마치 이집트 여신 무트가 자기수태에 의해 라(Ra)를 낳는 것처럼 행동하는 고양이는, 한편으로 "보름달이 뜨면 변해버리는 늑대인간"처럼 "달빛 그림자를 찾아 헤"맨다. 특히 그 가운데 보름달 "달빛이 열리는/찰나" "사랑과 미움", "늙음과 젊음"이 "증발"하거나 "더불어/생성 소멸해버리는" "시간"(「고양이 연금술사」)의 기적을 일으킨다. 고양이는 자궁 속의 씨를 달의 힘이 키워준다고 생각해왔기 때문에 임신한 여성을 나타내며, 바로 이때 보름달은 완전무결함과 완성, 성장과 재생을 상징한다.

보름달이 뜨면 너희는 밤을 배회하지

너희가 지닌 따뜻한 분위기와
수도사 같은 엄격함은
달과 우정의 관계를 유지시키지

가끔씩은 날아가는 양탄자의
우아함과 쓸쓸함도 연출해주지

관계가 필요하면 휘파람을 불기만 하면 돼

벨벳처럼 부드러운 달빛이 흐르는 걸 보니
곧 음악회가 시작되겠구나

자 둥글게 원을 그려
달빛 그림자 연주를 준비하자

보름달 밤의 방문객으로
우아하게 우아하게
둥근 원을 그려……

—「보름달 밤의 방문객」 전문

동서양의 신화 속에서 고양이는 공통적으로 밤을 상징하는 신비한 동물로서 "보름달이 뜨"는 "밤"이면 "배회"한다. 그러면서 여성적 '따스함'과 함께 일견 남성적인 "수도사 같은 엄격함"을 선보인다. 또한 "가끔씩" "양탄자"를 타고 하늘로 "날아가는" "우아함과 쓸쓸함"을 "연출"한다. 특히 자연의 암흑면 또는 보이지 않는 한 측면인 고양이는 "달과 우정의 관계"를 유지하려 든다. 기원이나 환생, 또는 희생의 시간을 의미하는 "보름달"과 영적인 고양이는 "관계가 필요"하다고 생각되면 언제든 "휘파람을 불기만 하면" 되는 사이인 셈이다.

그런 연유로 "벨벳처럼 부드러운 달빛이 흐르"기 시작하면 고양이는 자신과 달, 하늘과 대지가 함께 어울리는 "음악회", 경쾌하고 율동감 있게 움직이는 "연주"회를 "준비"한다. 그러면서 "보름달 밤의 방문객"이자 밤의 여신으로서 고양이는 "달빛"과 서로 동그랗게 손을 맞잡고 노래 부르며 춤을 춘다. 동시에 고양이는 어둠 속의 영적인 빛 또는 내적 예지를 뜻하는 달빛과 "우아"하고 신비스럽게 하나의 둥근 "원을 그"린 채 노래하며 신을 칭송하며 추는 '윤무(輪舞, Reigen)'를 선보인다. 불사(不死)와 영원, 영속적 갱신을 상징하며 영적인 광명을 나타내는 달빛과 고양이가 모두 '하나'로 혼융되는 사건, 풍요 그 자체의 향연이 보름달 밤에 펼쳐진다.

놀랍게도 그런 고양이들은 신체적 결함 또는 훼손이 있을수록 더욱 초능력과 예지력을 발휘한다. 그중에서 "사시(斜視)의 눈을 한 몽이"는 양쪽 눈의 시선이 평형하지 않음에도 불구하고 "물 차고 오른" "제비"같이 "날랜"(「몽이」) 행동을 보여준다. 또 길고양이 "올블랙 까미"와 어느 날 "한날한시"에 "사라"진 "실내 고양이" "진묘"는, 신기하게도 "앞 못 보는 장님"임에도 "어설픈 새 주인"의 "마음"을 "이미 분석"한다. 그러면서 어느새 "슬쩍" "끌림의 무기"로 그 주인과 "승부수"를 겨누고 있는 "최고의 협상가"(「최고의 협상가」)다. 또 "왼쪽 눈"이 봉합된 상태지만 "언제나 웃는" 모습의 "깜냥이" 역시 그렇다. 그 고양이는 "한 달 하루 오는" "희망"의 상징인 "보름달"을 "기다"(「웃는 눈썹달」)릴 줄 아는 예지력을 갖추고 있다.

오히려 일종의 신체적 능력의 확장이자 변종으로서 불안전한 눈을 통해 더 많이 보는, 보이지 않는 것을 투시하는 눈을 가지고 있는 고양이는 여타의 동물과 달리, "작은 새"라는 별명을 가진 고양이처럼 "혼자 숨바꼭질"하며 "혼자서도 잘"(「연

두빛 고양이 새」) 노는 게 가장 큰 특성이다. 어떤 이유나 목적 없이 단연 놀이(Das Spiel) 그 자체에 집중하는 게 고양이의 본질적인 속성의 하나다. 예컨대 "장난기가 발동"한 "털방울 고양이"가 그렇다. 그 고양이는 "초저녁 개밥바리기" 별을 "몰래 따서" "화분 속에 묻어"둔다. 그래서 짐짓 모른 체 그 "털방울"의 "목걸이를 간질이면" 그때서야 마지못한 척 "괭이꽃 화분 속에 숨"겨놓은 "샛별 하나/환히 웃음으로 피"(「과수원길 10-4 고양이는」)워낸다.

나른한 오후였거든요
암수 동고비는 사랑놀이를 하고 있었고요
제 꼬리로 장난 놀던 아기 고양이
살금살금 나무 위로 기어올랐죠
푸른 동고비 화들짝 놀라
이 가지 저 가지로 부산하게 옮겨 날았고요
심심했던 아기 고양인 신이 나서
야옹! 소릴 내질렀지요
고양이의 나비 걸음에 살구나무
꽃가지가 하르르 흔들렸고요
그럴 때마다 동고비는 혼비백산 달아났지요
그러거나 말거나 아기 고양인 여유만만이었어요
암만 올려다봐도 새 둥지는 보이지 않는데
자지러지는 동고비의 소란에
살구꽃잎만 눈부시게 쏟아져 내렸고요
아까부터 한 아이가 나무 그늘에 앉아
꽃나비를 부르고 있었는데요

동고비의 사랑놀이도 아기 고양이 장난질도
모든 분별을 지워놓은 채 봄날은
저만치로 하롱하롱 흘러가고 있었지요

—「하롱하롱 봄날」 전문

흔히 인생에서 가장 아름답고 행복한 순간인 '화양연화(花樣年華)'를 연상시키는 장면 속에서 "암수 동고비"는 그야말로 "사랑놀이"에 열중하고 있다. 그런데 때마침 "제 꼬리로 장난 놀던 아기 고양이"가 두 마리 암수 동고비가 사랑놀이하던 "나무 위로" "살금살금" "기어올"라 간다. 그러자 미세한 진동에 놀란 푸른 동고비가 "이 가지 저 가지"로 "옮겨 날"아 다니며 "부산"을 떤다. 하지만 그 때문에 더욱 신이 난 "어린 고양"이가 "야옹! 소릴 내"지르자 암수 동고비는 "혼비백산 달아"나고 그 "소란"에 "살구꽃잎만 눈부시게 쏟아져 내"리는 매우 아름다운 풍경이 연출된다.

하지만 어린 고양이가 암수 동고비를 놀라게 한 것은 어떤 이유나 목적하에 이뤄진 것이 아니다. 또한 "그러거나 말거나" "여유만만"한 아기 고양기의 장난질 역시 동고비의 사랑놀이와 마찬가지로 어떤 의도나 계획 속에 진행된 것이 아니다. 굳이 그 이유를 찾자면, 아기 고양이가 혼자 노는 것이 "심심"해서일 뿐이다. 자의적이고 변덕스런 행동의 하나가 아니라 지극히 자연스런 존재의 동태(動態)로서 자유과 구속, 가능성과 필연성 사이의 "모든 분별을 지워놓"는 게 어린 고양이의 놀이다.

예컨대 "나른히 졸음 떠밀려오는/어느 봄날 오후"에 "고양이"가 "나비"가 되고, 그 "나비"는 "살구꽃잎"이 되어 "한 점으로 빙그레 돌다가" "착지"(「아기 고양이 봄날을 놀다」)하는 고양이의 놀이는 단지 하나의 오락적 놀이에 그치는 것이 아니다. "나풀대는 흰나비 따라가다 팔랑 놓쳐버리"고 "잠시 망설이다가" "톡 톡 톡/망초꽃 희롱"하며 노는, 그러다가 "아기 고양이"와 "엄마 고양이"가 "야옹엄마" "아가냐옹"(「고양이와 망초꽃 술래」) 서로를 찾는 풍경은, "노동은 노예로 생각해 절대" "하지 않는"(「현대판 신데렐라 고양이」) 고양이들의 일종의 세계놀이(Weltspiel), 새로운 삶의 규칙을 만들 자유와 더불어 기존의 규칙을 위반하고 위반할 자유를 포함하는 니체적 어린이의 놀이를 닮아 있다.

일종의 '고양이를 모시는 어머니'라는 의미의 '시냥(侍孃)' 또는 '시의 주머니'를 뜻하는 '시냥(詩囊)'을 자처하는 김자흔 시인은 이런 고양이에게 일일이 이름을 지어 부른다. 각각의 고양이에게 털방울, 똥꼬, 깜냥이, 금왕이, 백작, 바람, 여비, 봄, 동고비, 블루, 까미, 망고, 선화, 은별, 지원, 담비 등의 이름을 부여하는 것이 그녀 시의 큰 특징이다. 그녀에게 고양이는 여러 사물에 보편적으로 적용되는 보통명사가 아니라 각기 이름과 특성을 가진 고유명사이며, 무엇보다도 이에 따라 각기 고양이의 운명이 달라진다.

대체로 고양이들은 이름을 따라간다
노을인 여리고 애잔했다
몇 날을 무지개다리 앞에서 놀았다
번개로 이름을 바꿔주었다
이름을 바꾸자마자 생에 가속도를 냈다
지금은 울트라 캡짱이 됐다
…(중략)…
또 천둥이 있다
이 녀석은 가만히 지켜보다가 순식간에 내달렸다
이름 그대로 진짜 천둥이 되었다

—「고양이 명」 부분

김자흔 시인에 따르면, 고양이는 그 "이름"에 따라 삶과 운명이 달라진다. 예컨대 "노을"이라는 이름의 고양이는 황혼기에 잠시 화려하게 빛났다가 사그라지는 노을처럼 곧잘 "여리고 애잔"한 모습을 보인다. 하지만 그런 "노을"을 "번개로 이름을 바꾸자마자" 구름과 구름, 구름과 대지 사이에서 공중 전기의 방전이 일어나 번쩍이는 불꽃처럼 아주 빠르고 날랜 고양이로 변신한다. 또 평소 "가만 지켜 보"길 좋아하던 "천둥"은 "진짜 천둥"처럼 하늘이 요란하게 울리는 듯이 천지사방을 뛰어다니기 시작한다.

일종의 사물로서 고양이에 대한 김자흔 시의 이름 짓기는, 따라서 단지 어떤 특정한 고양이를 지시하고 부르는 데 그치지 않는다. 특히 그녀의 명명 행위는 고양이의 모든 속성을 아는 것이자 곧 통제할 수 있다는 것을 의미하지 않는다. 오히려 그것은 "저승과 이승의 열쇠를 쥐고 있는 신비로운 피조물"(「고양이 이론」)로서 고양이를 세계라는 의미의 지평에서 비로소 존재케 하는 신성한 행위다. "여전히" "세상 밖"의 "불청객"(「고양이 자서」)으로 떠도는 고양이를 "우주의 핵심"으로 "다가"(「한 마리 고양이가 우주의 핵심에 다가갔다」)가게 하는 숭고한 일에 속한다. 그동안 "단절"된 "보다 멀고 보다 넓은 세계"와 "소통"하게 만드는 "방법"(「고양이 안테나 통신」) 중의 하나가 그녀의 이름짓기다.

그러나 이런 고양이를 정성껏 돌보거나 함께 아파하는 김자흔 시인의 소망과는 달리, 오늘날의 고양이는 예전처럼 의자나 마룻바닥, 나무나 선반 위에 살포시 내려앉거나 올라가는 우아하고 품위 있는 '회화적 구성(pictorial composition)'의 감각을 내보이고 있는 동물이 아니다. 언제든 "지나는 차량"이나 "내달리는" "오토바이"에 치여 "아무런 예고 없이"(「너만 없는 일기」) 사라질 운명에 처해 있다. 고양이 특유의 "명랑한 걸음"으로 인간들을 매혹시키기보다는 "달리는 트럭"에 언제든 "사지"가 찢기고 "내팽개쳐"진 채 비참한 모습으로 "캄캄한 도로에 누워있"(「꿈 안의 막」)기 마련이다. 현재 "로드킬 당한 길고양이"들을 목격하는 것이 "흔한 일"(「하얀 물음」)이 된 비정한 세상에 우리가 살고 있다.

김자흔 시인의 세 번째 시집 『피어라 모든 시냥』은 거의 한 편도 빠짐없이 고양이들을 소재로 하고 있다. 그리고 이는 제2시집 『이를테면 아주 경쾌하게』를 해설한 고명철의 지적대로, 그동안의 한국 시사에서 그 유례를 찾아보기 힘들 정도로 한 동물에 집중된 이 '고양이 시편들'은 그녀의 시적 사유와 상상력의 모태로 작용하고 있다. 여기서 중요한 것은, 김자흔의 시들은 결코 이런 고양이에 대한 한 개인의 감정과 체험의 토로나 나열이 아니라는 점이다. 또한 고양이를 직접 돌보거나 기르는 데서 오는 "측은지심(惻隱之心)"(「하얀 물음」)의 발현이나 차마 뿌리치지 못하게 하는 "비루한 인정"(「비루한 인정」)만이 아니다. 다양한 처지의 고양이에 대한 그녀의 신화적이고 실제적인 접근은, 약육강식을 정당화하는 신자유주의 체제에 대한 시적 알레고리이자 반기다. 한 인간의 생명이 "짐짝처럼" "묶여 있"거나 "내팽개쳐져 피를 흘"리는 오늘의 세계 속에서 "정말" "이러면 안 되는 거"나 "이럴 순 없는 거"(「꿈 안의 막」)라고 외치기 위함이다.

결과적으로 김자흔 시인이 기꺼이 모든 고양이의 '위대한 어머니'를 자처한 것은 단지 한낱 한 시인의 소명 의식이나 숭고한 희생 정신이 아니다. 김자흔 시인의 고양이들을 통해 우리가 인간과 동물, 인간과 세계의 운명을 되돌아보며 새로운 전망의 세계를 엿보는 마당에 초대되어 있는 셈이랄까. 죽을 수 있는 인간의 운명과 더불어 우리들 삶의 터전인 땅과 하늘, 신적인 것 모두를 회복하는 것을 목표로 하는 것이 '위대한 어머니'로서 그녀의 고양이 사랑이라 할 수 있을 것이다.

林東確 | 문학평론가 · 한신대 교수

푸른사상 시선

1 **광장으로 가는 길** | 이은봉 · 맹문재 엮음
2 **오두막 황제** | 조재훈
3 **첫눈 아침** | 이은봉
4 **어쩌다가 도둑이 되었나요** | 이봉형
5 **귀뚜라미 생포 작전** | 정원도
6 **파랑도에 빠지다** | 심인숙
7 **지붕의 등뼈** | 박승민
8 **살찐 슬픔으로 돌아다니다** | 송유미
9 **나를 두고 왔다** | 신승우
10 **거룩한 그물** | 조항록
11 **어둠의 얼굴** | 김석환
12 **영화처럼** | 최희철
13 **나는 너를 닮고** | 이선형
14 **철새의 일인칭** | 서상규
15 **죽은 물푸레나무에 대한 기억** | 권진희
16 **봄에 덧나다** | 조혜영
17 **무인 등대에서 휘파람** | 심창만
18 **물결무늬 손뼈 화석** | 이종섶
19 **맨드라미 꽃눈** | 김화정
20 **그때 나는 학교에 있었다** | 박영희
21 **달함지** | 이종수
22 **수선집 근처** | 전다형
23 **족보** | 이한걸
24 **부평 4공단 여공** | 정세훈
25 **음표들의 집** | 최기순
26 **나는 지금 운전 중** | 윤석산
27 **카페, 가난한 비** | 박석준
28 **아내의 수사법** | 권혁소
29 **그리움에는 바퀴가 달려 있다** | 김광렬
30 **올랜도 간다** | 한혜영
31 **오래된 숯가마** | 홍성운
32 **엄마, 엄마들** | 성향숙
33 **기룬 어린 양들** | 맹문재
34 **반국 노래자랑** | 정춘근
35 **여우비 간다** | 정진경
36 **목련 미용실** | 이순주
37 **세상을 박음질하다** | 정연홍
38 **나는 지금 외출 중** | 문영규
39 **안녕, 딜레마** | 정운희
40 **미안하다** | 육봉수
41 **엄마의 연애** | 유희주
42 **외포리의 갈매기** | 강 민
43 **기차 아래 사랑법** | 박관서
44 **괜찮아** | 최은묵
45 **우리집에 왜 왔니?** | 박미라
46 **달팽이 뿔** | 김준태
47 **세온도를 그리다** | 정선호
48 **너덜겅 편지** | 김 완
49 **찬란한 봄날** | 김유섭
50 **웃기는 짬뽕** | 신미균
51 **일인분이 일인분에게** | 김은정
52 **진뫼로 간다** | 김도수
53 **터무니 있다** | 오승철
54 **바람의 구문론** | 이종섶
55 **나는 나의 어머니가 되어** | 고현혜
56 **천만년이 내린다** | 유승도
57 **우포늪** | 손남숙
58 **봄들에서** | 정일남
59 **사람이나 꽃이나** | 채상근
60 **서리꽃은 왜 유리창에 피는가** | 임 윤
61 **마당 깊은 꽃집** | 이주희
62 **모래 마을에서** | 김광렬
63 **나는 소금쟁이다** | 조계숙
64 **역사를 외다** | 윤기묵
65 **돌의 연가** | 김석환
66 **숲 거울** | 차옥혜
67 **마네킹도 옷을 갈아입는다** | 정대호
68 **별자리** | 박경조

69 **눈물도 때로는 희망** | 조선남
70 **슬픈 레미콘** | 조 원
71 **여기 아닌 곳** | 조항록
72 **고래는 왜 강에서 죽었을까** | 제리안
73 **한생을 톡 토독** | 공혜경
74 **고갯길의 신화** | 김종상
75 **고개 숙인 모든 것** | 박노식
76 **너를 놓치다** | 정일관
77 **눈 뜨는 달력** | 김 선
78 **거꾸로 서서 생각합니다** | 송정섭
79 **시절을 털다** | 김금희
80 **발에 차이는 돌도 경전이다** | 김윤현
81 **성규의 집** | 정진남
82 **번함 공원에서 점을 보다** | 정선호
83 **내일은 무지개** | 김광렬
84 **빗방울 화석** | 원종태
85 **동백꽃 편지** | 김종숙
86 **달의 알리바이** | 김춘남
87 **사랑할 게 딱 하나만 있어라** | 김형미
88 **건너가는 시간** | 김황흠
89 **호박꽃 엄마** | 유순예
90 **아버지의 귀** | 박원희
91 **금왕을 찾아가며** | 전병호
92 **그대도 내겐 바람이다** | 임미리
93 **불가능을 검색한다** | 이인호
94 **너를 사랑하는 힘** | 안효희
95 **늦게나마 고마웠습니다** | 이은래
96 **버릴까** | 홍성운
97 **사막의 사랑** | 강계순
98 **베트남, 내가 두고 온 나라** | 김태수
99 **다시 첫사랑을 노래하다** | 신동원
100 **즐거운 광장** | 백무산 · 맹문재 엮음